비유의 바깥
장철문 시집

문학동네시인선 083 장철문

비유의 바깥

시인의 말

8년 만이다. 좀 늦었다.

시절 따라 매듭을 지었지만, 그 앞뒤가 분명한 것은 아니다. 앞선 것이 뒤에 손을 털고, 뒤선 것이 먼저 신발을 벗기도 했다.

지난 시집의 이삭도 한 편 있다.

뭘 했다고,
발목이 시다.

이건 길가에 내놓은 의자다.

고맙다.

2016년 5월
장철문

차례

셋째 매듭

넷째 매듭

첫째 매듭

오월 낙엽

아이는 새잎처럼 자라고, 나의 비유는 끝이 났다
올해 나는 잣나무 잎 지는 시기를 새로 알았다
송홧가루 날려 새잎 돋을 때다
꽃가루가 먼지와 섞이고 새잎에 빗방울 꿰일 때

나의 비유는 끝이 났다, 수맥이 옮겨간 숲처럼
나의 언어는
죽은 새의 부리처럼 갈라졌다

실뿌리에 축축하던 습기는 사라졌다
바라던 대로
오월의 산빛은 비유의 바깥에 있다
바라던 대로
파도와 비애는 언어의 바깥에 있다

비유는 죽고,. 나만 앙상하게 남았다
내 생의 최대의 비유가
생리를 시작하기도 전에
나의 언어는 바닥을 드러냈다

변명의 여지도 없고, 불입할 낙장도 없다

오늘 잣나무가 쭉정이를 떨어뜨리는 시기를 새로 알았다

질펀하게 깔린 잣잎 위에
열매를 맺지 못한 작년의 잣송이들이 즐비했다

절필(絶筆),
아니면 녹음(綠陰)일까?

그 어느 쪽도 소식 없다

풍찬노숙(風餐露宿)

열무 솎듯 쑥쑥 뽑아서 박스에 던졌다
박스를 들어 문밖에 냈다
서너 박스는 재활용 쓰레기로 내고
너덧 박스는 주위에 돌리고
서너 박스는 동네 도서관 사서에게 맡겼다
정신의 한 모서리가
해빙에 어긋난 축대처럼 헐거워졌다
어젯밤 참 편안하게 잤다
잠자리에 누워서
웃풍이 숭숭 드는 정신의 남루를 바라보았다
미련의 골재들이 뽑혀나간 집이
숭숭 넓어서
오늘 아침, 이사 나가기가 아깝다
흥부네 까대기에 누워서 보는 일출의 아침이다

갓등 아래

저 중에는 하루만 살고 가는 것들
그냥
아하, 이게 사는 거구나 하고 가는 것들
사는 게 그저
알에서 무덤으로 이사 가는 것인
그런 것들
불빛과 어둠의 경계를 넘나들며
어지럽게 원을 그리는,
도무지 뭐랄 수도 없는 것들

이 마음에는 한순간 왔다 가는 것들
너무 빨라서
사라지고 난 뒤에야 그 몸을 알리는 것들
안팎의 경계에서
그저 잉잉거리다 마는 것들
스러진 뒤에야
그 잔상이나 남기고 가는

그마저 거두어지는

강가 강에 와서

참혹한 오물 속에서 몸을 씻고 있다
절대(絶對)에 들고자 하는 사람들이
오물을 떠서 정수리에 붓고 있다

짓뭉그러진 꽃과 타다 만 향과
사람을 태운 재와
똥과
녹슨 깡통과 죽은 암소와

신성(神性)은 절대여서 오물에 더럽혀지지 않는다

나도 저렇게 몸을 씻었다

허락되지 않은 몸에 몸을 밀어넣었다
시를 위하여 위선의 말을 밀어넣었다
침을 뱉은 자리에 이름을 밀어넣었다

시는 절대여서 허위에 더럽혀지지 않는다

강가 강의 물고기들은 죽어서
뒤란 반얀나무 그늘에 들듯
하늘에 들겠지만,
하늘은 절대여서 비린내가 없다

물고기들은 절대 속에서 헤엄치고
화장터의 개들이 절대 속에서 어슬렁거린다

나무
—보드가야에서

저건 나무일 뿐인데,
꽃을 받고 흠향을 한다
저건 나무일 뿐인데,
삼배를 하고도 나는
울음을 참듯 모자로 입을 가리고 섰다
저건 나무일 뿐인데,
오백 명의 사람들이 오른쪽으로 돌고
오백 명의 사람들이 그늘에 앉고
오백 명의 사람들이 독경을 하고
오백 명의 사람들이 설법을 듣는다
저건 나무일 뿐인데,
수많은 왕의 목을 벤 위대한 왕이
비애에 찬 마지막 전투 후에
거대한 사원을 바쳤다
수많은 나라의 거상과 지주와 거지와 승려가
사원과 탑과 정원과 오체투지를 바쳤다
저건 나무일 뿐인데,
팔만사천 사람의 팔만사천의 합장을 받는다
그가 저 나무 그늘에 앉아서
모든 불만족을 벗었다
저건 나무일 뿐인데,
나는 팔만사천 리 먼 데서 왔다
저건

나무일 뿐인데,
모자로 입을 누르고 서서 발을 뗄 수가 없다

소가 죽었다
—사르나트에서

프라이팬처럼 타는 대지 위에
네다리를
신발처럼 내팽개쳤다
잉걸불처럼 타는 태양 아래
부푼 배를 던졌다
파리떼가
악착같이 똥구멍을 파고든다
시적지근한 냄새가 풀리는 내장으로
들어가는 문이다
들어가면 숨이 막혀 죽는다
한 생의 맹렬함이
다른 생의 알리바이를 집요하게 해체하고 있다

수자타* 마을에 가서

일출이 마련되고 있었다
메마른 네란자라 강으로
사람들이 걸어들어가고 있었다
물길을 따라 엉덩이를 까고 있었다
똥을 싸고 있었다
붓다가 몸을 씻은 강물에
손을 적셔 밑을 닦고 있었다
어제 입에 넣은 양식으로
하루를 살고,
내장을 비워
하루 먹을 준비를 하고 있었다
붓다의 그늘이 멀지 않은 곳에서
항문을 열어 똥을 싸고 있었다
상류에서 하류까지
엉덩이를 들어 밑을 닦고 있었다
미주알이 움찔거리듯
붉은 아침이 미어지게 열리고 있었다

* 수자타: 사문 고타마가 깨닫기 전에 우유죽을 바친 소녀.

관입시작삼매(觀入詩作三昧)

마하보디선원 청소년명상캠프에 한 손 거들러 가서
아침 공양 마치고
피안교 건너 산책로에라도 들라치면
잠자리들이 어깨며 팔뚝이며 허리춤에 앉아서
날개를 한풀 꺾어 접고
이웃 말 사촌이라도 만난 듯
밑도 끝도 없는 안부를 턱주가리로 건네는 것이었다

내 시간 끝내고
계곡 깊숙이 녹음 밑으로 기어들어가서
『허클베리 핀의 모험』을 읽고 있는데,
허크와 짐의 뗏목에
난데없이
왕과 공작이 출몰하자,
저도 참 황당한 대목을 만난다는 듯
잠자리 한 마리가
행간에 날아들어 턱, 자리를 잡고 앉는 것이었다

녀석은 참 간만에
책이라는 걸 읽어본다는 듯 머루눈을 두릿거리고
나는 참 간만에
그 꽁무니를 잡아채려고 뒤꿈치를 드는 께복쟁이처럼
그 행간에서

날개를 한풀 꺾어 접고
시를 한 편 써보겠다고 겨누고 있는 것이었다

그것 참!

다시 바라나시에 와서

강아지 세 마리 네 마리 다섯 마리가
비루먹은 어미
등에 올라타고, 젖을 빨고, 엉치에 코를 디밀고, 눈두덩을 핥고 있다

어미는 옆구리에 머리를 처박고
객사한 듯
쓰러져 잠들어 있다
이불을 끌어당기듯 재를 끌어안고 있다

생(生)은 또하나의 불의 양식(樣式)인데,
주검을 끌어당기듯 생을 끌어당기고 있다

둘째 매듭

고막이 터지는 때

사랑이여, 지금은 꽃이 미어져나오는 때
너와 나의 것이
막무가내로 삐져나오는구나
네 가슴이 소란으로 터지고
내가 겨울 건너온 가지처럼 피폐할 때
내가 믿지 않은 것이 비집고 나와서
잊힌 지뢰처럼 터진다
이 폭발을 위하여
너와 내가 걸레쪽처럼 찌들어서
사냥개와 오소리처럼 물어뜯었구나
연발 폭죽처럼 터져서 피어나고
사라지는 통증처럼
번뇌처럼
스러지고 또 피어난다
이 소란을 위하여
너와 내가
장다리처럼 말라비틀어지고 뿌리가 짓물렀구나
사랑이여,
지금은 검은 생강나무 가지에서
노란 꽃무리가
눌러 쟁인 울화처럼
열꽃처럼
터지는 때

마른 껍질 밑으로 물을 끌어올린
산버들 가지에서
새 새끼 주둥이 같은 잎사귀들이 삐져나와서
고막이 터지는 때

도토리는 싸가지가 없다

나무도 이것들을
도로 집어넣고 싶을 때가 있었을 것이다
이것들도 좁아터진 깍지를 떠나서
건넛산으로 날고 싶을 때가 있었을 것이다

머리꼭지는 숲을 닮은 색깔이고
중동은 어디서 몇 대 얻어터진 살빛이고
아랫도리는 땡볕에 한참 나돌아댕긴 빛깔이다

꼭지가 똑 떨어졌다

뭐라고 할 수 없는 이것을
둥굴 울퉁 길쭉한 것을
내어던진 나무는
얼마나 가슴 떨렸을까

나무의 말은 귓등으로도 듣지 않고
함부로 숲을 벗어나서
행길로 한 길이나 굴러나왔으며,
남의 애비 손에 들어와서
거칠 것 없는 아이의 손에 맡겨졌다

긁아떨어진 아이의 손을 빠져나와서도

도무지 후회라고는 없는 눈빛이다
숲이 아닌 이곳도 재밌다는 표정이다

작아서 한 방 쥐어박을 수도 없고
야물딱져서
쥐어박아도 내 뼈가 아플 것 같다

똑같이 생겨먹은 데라고는 없이
하나같이
말이라고는 들어먹지 않게 생겼다

이것들을 잉태하느라고
두 그루 나무는 온밤이 뜨거웠으리라

이것들을 낳느라고
한 나무는
다른 나무의 머리채를 휘어잡았을 것이다

나무는 이것들을
강 건너로 돌팔매질하듯 힘껏 내어던졌다

백화(白樺)

저건 뼈야 곰이었던 내 조상의 뼈
뼈가 추려진 뒤에도
월동의 기억이 남아서
푸른 잎사귀가 돋아
이 세상 첫 곰으로부터의
숨이 웅크리고 있지
동면처럼 웅크려
시린 하늘을 숨쉬고 있지
저건 뼈
곰이면서 하늘의 자식과 사통(私通)한
내 조상의 뼈
삭풍에 씻긴, 시린 하늘빛에
저린 뼈
새끼를 두고 가는 간부(姦夫)를 향하여
제 자식을 찢어 던진 뼈
네 자식이 내 자식을 찢어 죽였노라고
하늘을 향하여 솟구쳐오른 뼈
자식의 뼈와 함께
서 있는 뼈
뼈가 낳은 뼈
월동의
푸른 기억을 가진 뼈
흰 뼈

초가을 볕 속에서

베란다에 앉아 해묵은 소설을 읽는다
등뒤로 다가와
아이가 흰머리를 가린다
노리개를 쥐여주듯 머리털을 맡겨둔다
벼 알갱이 속으로 가을볕의 맨몸이 들어가던 그 아침
숙취의 시적지근한 냄새를 풍기며
섬돌 곁의 장화를 신는 아버지의
웃자란 수염을
금기의 영역에 발을 밀어넣듯 쓰다듬던 때가 있었다
—아빠, 아빠들은 다 수염이 나?
꺼칠한 감각에 흠칫 물러서던 때가 있었다
—어른이 되면 철문이도 나지
　인자 아랫도리도 꺼끌꺼끌해질걸
아버지의 그 꺼칠한 수염의 감각이
손금처럼 남아 있다
엷어지는 가을볕 속에서
한 생이 가고 있다
아이와 함께
아직 시작도 않은 생이 가고 있다
바지게를 지고 고샅으로 나서던
엊그제,
당신의 시작도 않은 생이 가고 있다

모과나무 밑 초닷새 상현(上弦)

모과나무 밑을 지날 때 나는 것은
늙은 이모의 냄새

모과나무 밑에서 쳐다보는
쪽빛에는
베어 던진 이모의 가슴

이모보다 먼저 간
이모의 가슴이
조카의 눈자위에 젖을 물린다

저세상에 가서
다시 차오르며
이승의 조카의 딸을 어루만진다

아이고 야야 마이 컸다

아이가 한사코 피하는,
이승의 꺼칠한 손을 뻗어
아이의 옷매무새를 만진다
짓무른 눈자위로 아이의 볼을 만진다

하늘에 간 이모의 가슴은

저렇게 차올라서
애잔한 것들에게 젖을 물리며
저승에서 또다시 열반에 들지 못할 것이다

내가 사랑하는 것은

내가 사랑하는 것은
오월의 연두와
시월의 빨강

내가 사랑하는 연두는
보리똥나무 이파리의
바람 속
연두

내가 사랑하는 빨강은
붉나무 잎에 비친
햇살의
빨강

지나가기 쉬운 것

내 여자의
첫 연정의

내 아이의
첫 자랑의

만날 수는 있으나,

가서
다시 오지 않는

보리똥나무 이파리에 가는
오월의 바람
붉나무 이파리에 드는
시월의
햇살

담쟁이 물드는

내 남자라는 말
내 여자라는 말

참 하릴없는 말

개울가
첫 상추 씹히는

돌확에 생고추
얼갈이 겉저리

부득불
광덕보다도 엄장
노힐부득보다도 달달박박

아이는 자라고
담쟁이 물들고

내 여자라는 말
내 남자라는 말

참 불가항력의 말

석벽의
햇살,
담쟁이 잎사귀

맨 처음
짐승이 사람 되던 때의

편지

아우와 나는
무학(無學)의 어머니와 외할머니가 주고받는
편지였다

어머니가 들려보낸 수박을
외할머니는
툇마루 청술레 그늘에서 갈랐다

수박을 앞에 둔 외할머니의
부엌칼은
슥—
봉투칼처럼 지나갔다

수박은 외할머니의 갑골(胛骨)이었다
칼이 지나는 소리와
그 빛깔의
청탁(淸濁)

갈라진 수박을 앞에 놓고 한번 물으셨다
—에미가 한번 안 온다더냐?
—할망구가 노망이 났등갑다
어머니의 말끝이 벼랑처럼 깊었다

그해 가을, 봉투가 누런 편지가 왔다
아버지가 안채에 들이지 않고
문간 고비에 꽂았다

집 안팎 두루 닦아내시고
공동 우물가에서
걸레 헹궈
꼬옥 비틀어 짜던 그 자세에서

숨을 거두셨다 했다
그 자세 그대로 기울어지셨다 했다

임종은
아영면 월산리 구지내기 쪽 노을이 했다

소품(小品)

동에는 서포(西浦), 서에는 다산(茶山)
남쪽에 바다

휘파람새가 운다

앞산에 연두 한 자락 끊어서
티셔츠 하나 마련했으면
능선에 철쭉 한 자락 끊어서
퍼드덕,
장끼 울음 펄럭이는
봄치마 하나 마련했으면

쥐똥나무 울타리 연두에 설레
새잎 건드는 바람에 설레
탱자나무 흰 꽃에
설레

후드득,
탱자울 아래
흰 꽃 흐드러진 연두 한 필 이룩했네

발목이 시어서 돌아오는
오월 첫날,

우편함에는
이옥(李鈺)의 생애를 적은 책

셋째 매듭

새떼가 온다

밥 먹으러 오니?

나도 밥 먹으러 왔다
밥 벌어
새끼 키우러 왔다

너와 나는
감기를 주고받는 사이
목구멍으로
볍씨를 넘기는 사이

몸뚱어리가
허공에 떠서 육중하구나
뼈를 비워도
몸이 다시 무겁구나

새끼 키우러 오니?

나도
밥 벌어
새끼 치러 왔다

벚꽃, 그리고 낮달

자전거 바퀴 구르는 소리가 난다
구르는 것들은 소리를 낸다
벌들의 페달이
하늘빛이다

어머니의 파안대소 같은
멀리서 오는 아들을 위해 씻는 햅쌀 같은

햇살 굴러가는 소리가 난다
나물 캐는 냄새가 난다

꽃들이 나무 굴리는 소리가 난다
나무가 흙을 굴리는 소리가 난다

어머니의 손녀딸이 웃음을 굴려
달려간다
쌀뜨물 냄새가 난다

하늘에 낮달 구르는 소리가 난다

희순이

내가 엉거주춤 돌아서서 고추를 꺼내 오줌을 누고 있을 때
희순이는 치마를 훌렁 걷고 너른 들판을 향해 오줌을 쌌다

정제문 앞에서

메기와 빠가사리와 불거지와 얼룩동사리와 꺽저구와 퉁가리가 꿰인 버들가지 꿰미를 부엌에 들이밀던 그 아침

물 건너 작대보에서 물안개 속에 주낙을 걷어온 검정 고무신의 그 아침

뒤란에 저녁이 온다

방울벌레는
1초에
4700번 방울을 흔든다
왕귀뚜라미는
1초에
왼쪽 날개의 현을 오른쪽 날개의 활로 9600번 켠다

머위밭에 저녁이 온다 긴꼬리쌕쌔기가 갈빗대 안쪽 어둑한 빈터에 와서 운다

구례 산동

산 위에
눈

산 아래

오는
산수유

평상에 걸터앉아 막걸리 한잔

호박잎을 따러 와서

싸리비로 쓸듯이 저렇게 또다시
쓸어놓았다
물방울이란 물방울은 모조리 달아올려
산마루에
적란운으로 들어올려서는
그 밑동아리를 터쳐 소나기를 내리더니
지금은 또 저렇게 정갈하게 쓸어놓았다
저렇게 하는 것 말고는
다른 뜻이 없어서
햇볕을 기우듬히 뉘어
나락을 익히고
감을 붉게 하고
호박잎에 맛이 들게 하였으니
나는 호박잎을 따러 와서
가을볕에 고추를 꺼내 오줌을 눈다
곁에,
어느새 쑥부쟁이를 말갛게 피워놓았다
이렇게 꽃피는 것 말고는
뜻이 없어서
오줌을 누면서도 좋다
나도 오줌 누는 것 말고는
뜻이 없어야겠는데,
오줌 누다가

꽃 보고
꽃 보다가는
이런! 또 뭘 쓰고 있다

망초꽃과 자전거

풍선 속처럼 부푼
하늘 밑에는

마구 뜯어 던진 구름

구름 밑에는
새,

그 아래
내 자전거

뚝방길은 망초꽃을 데리고 자꾸 뒤로 밀리고
구름 그림자는 벼논 위를 마구 달려 앞질러가고

넷째 매듭

유홍준은 나쁜 놈이다

유홍준이 멧돼지를 잡았다 맨손으로 돌팍을 던져서 잡았다 다람쥐무늬가 있는 놈이다 연둣빛 칡덤불 밑에서 아장아장 걸어나온 놈을 잡았다

나쁜 놈!

이병주문학관 옆 개울에서 물 먹고 있는 놈을 잡았다 2011년 6월 18일이다 그날 평사리문학관 달빛낭송회에 와서 낮에 멧돼지를 때려잡았노라고 뻥을 쳤다 어차피 힘센 놈이 약한 놈을 잡아먹고 사는 거라고, 쫓아나볼 요량으로 인사로 돌팍을 던졌는데 그만 즉사했노라고, 박박 우겼다 한 번만 말해도 될 것을, 말하고 또 말하고 오래 말했다 옆집 누나의 젖꼭지를 스친 사춘기의 손가락처럼

나쁜 놈!

유홍준이 하는 짓을 어미가 때죽나무 옆 칡덤불 뒤에 숨어서 다 봤을 거다 두고 봐라 언젠가는 그 어미가 유홍준의 엉치를 한번은 되게 들이받고 말 거다

나쁜 놈!

나중에 유홍준이 파파할아버지가 되도록 살아서 장성한 손자의 임종을 받고 갈 때 그 다람쥐무늬 멧돼지 새끼가 구불구불 저승길에 따라붙을 거다 쫄랑쫄랑 따라붙어서 그때 좀 과하지 않았느냐고 짧은 꼬리를 흔들 거다 내 입때껏 예

서 기다렸노라고 꿀꿀거릴 거다 저승길 노루목 어디쯤 있다는 주막에서 탁배기 한잔에 국밥 한 그릇으로 시장기를 재울 때 필시 와상 밑에 엎드려 우거지에 얹힌 고깃점을 기다릴 거다

나쁜 놈!

지금 그 멧돼지 새끼가 이병주문학관 냉장고에 있다 내일 관장님하고 털을 꼬실를 거라더라 이걸 쓰고 있는 지금, 유홍준이 헤벌쭉네벌쭉 다람쥐무늬 멧돼지 새끼를 꼬실러 그 야리야리한 껍데기를 배코 치듯 밀고 있을 줄 누가 알랴 그 애저 같은 살을 짠한 마음에다가 조선간장 찍어 먹듯 찍어 먹고 있을 줄 누가 알랴

나쁜 놈!

그 나무가 어디로 갔을까

어디로 갔을까, 그 나무가
수돗가 확독 옆
그 앵두나무
작은형이 뒷골에서 캐다 심은 새끼 나무
다음해 열매 세 개를 맺은 나무
참 예쁘다이
어머니가 잎사귀를 쓰다듬던 그 나무
어디로 가버렸을까,
그 나무가
복분자 덩굴은 마당에서 놀고
땅이 차라리 편하다고 내려앉은 지붕
겉보리 익어가는 유월
딸아이 데리고 간
뒤란
거나한 아버지가 콧김 내뿜으며
허허허 웃던
그 밤
어디로 갔을까
머윗대나 몇 가닥 베고
남의 담 타고 오디나 좀 따먹고
나서는 동구 밖
어머니 자리는
누가 도라지를 심어 먹던 건넛밭

아버지 자리는

그 곁

일부러 들고 나선 바구니 끼고 서서

하하하, 웃는

딸아이 목젖이 보이는 동구 밖

상춘(賞春) 가다

복사꽃밭에는
빗속에 꽃을 끄르는 복사나무가 있다
빗속에 꽃에 드나드는 호박벌이 있다

감나무에는
질긴 살갗을 찢고 나오는 잎사귀가 있다
빗속에 몸통을 밀고 나오는 날개가 있다

봄 산에는
가질 수 없는 연두가 있다
유채밭을 데리고
유채꽃을 품은 둠벙을 데리고 날아오르는 능선이 있다

참꽃처럼 목이 젖은 멧비둘기가 있다

야외 수업

애들아, 저 도라지꽃만큼만 당당하자
아침 열시 무렵의
도라지꽃처럼만 꽃대를 세우고
당당하게 꽃봉을 열자
저 가지만큼만
막 꽃을 떨군
자줏빛 가지만큼만 의기양양하자
애들아, 옮겨 심은 저 파만큼만
밭고랑에 퍼드러져 시르죽은 파만큼만
신열을 앓자
꼭 그만큼만
죽을 것 같은 시간을 위장으로 보내자
애들아, 저 뱀딸기만큼만
붉은 뱀딸기만큼만 꿈틀거리자
흔들리는 저 개망초꽃만큼만
햇살에 나서자
이 햇살만큼만 어깨를 펴고 쏘다니자
저 찔레덤불만큼만
가시덤불만큼만
설레는 꽃 무더기 흰 무더기를 햇살에 바치자

풍개가 익을 때

막 태어나는 젖가슴이 저기 걸려 있다
모시 적삼 안쪽 같은
연둣빛 젖꼭지가 걸려 있다

자줏빛 하나 걸려 있다
잎사귀에 가려
연둣빛 젖꼭지 옆에 걸려 있다

풋것이 연둣빛으로 맑아지고
자줏빛이 번지고
까맣게 익어간다, 풍개는

아, 시과라
눈살을 찡그리던 어머니

엄마, 왜 보리가 저렇게 누워 있어?
모르지, 어떤 연놈이 참 좋았던개비다
어머니답지 않게 농탕지게 웃던 때가 있었다

연둣빛 씨방 같은 아기집을 어머니도 갖고 있어서
형님들과
아우와 내가
그 집에서 왔다

무화과처럼 말라비틀어진 어머니의 집
어머니의 발
어머니의 손
어머니의 배꼽

손가락만 스쳐도 아픈 풍개가
저기 걸려 있다
바람이 맨살에 스치고 있다

팔대산같이

구례에서 주천까지 눈이 온다
팔대산같이 눈이 온다

할머니,
눈이 와요
수묵(水墨)의 댓잎이
수백(水白)이네요

육모정에 눈이 온다
넘을 수 없는 벽소령에 눈이 온다

할머니,
구룡계곡 눈발 너머
갈 수 없는
그곳에도 눈발이 치나요

주천 이백 요천에 눈이 온다
남원 장수에 눈이 온다

할머니,
눈발이 춤춰요
그곳에서도
화전놀이 춤사위에

미영*수건 자락이 휘날리나요

산동 번암 아영 인월에 눈이 온다
하동 산청까지
페이스북에 눈이 온다

할머니,
그쪽에도 영산홍 꽃눈 위에
미영꽃이 피나요
다른 하늘과도 카카오톡이 되나요

섬진강에 눈이 온다
광한루 만복사지 만인의총에 눈이 온다

* 미영: 무명, 혹은 목화.

그네

높이 묶인 두 손과
두 발,
팔과 다리가 길게 드리웠네

가로놓인 허리를
깔고 앉아
굴렀네

밟고 일어서서 굴렀네

하늘에 닿겠다고
굴렀네

어머니의 뼈들은
탈골된
채,
말없이 삐걱거렸네

서로 헤어지고 끊어진 뼈들이
무너진 근육들이
통째로
말이 없네

어머니의 학교가 폐교되었네

산국화

산바람이 등성이를 쓰다듬는다

꽃잎 끝이 찢겨서
떤다

주름은
마를수록 더 깊이 숨는 것

마음이 간다는 것은
겨우,
쓰다듬는다는 것
펴지지 않는 주름 하나 건넨다는 것

꽃잎 끝이 말라서
탄다

죽은 새 본다

먼동에
죽은 새 본다
일찍 일어난 새,
위장이 터진 새 본다
종족의 시체 곁에서
씨앗을 쪼는 새
본다
밤꽃이 막무가내로 피는
한낮,
부우-ㄱ 부우-ㄱ국
짝을 부르던 그 종족이다
상납하듯 엎드린 길 위에
버찌들의
살과 피가 낭자하다
으스러진 두개골이 지걱거린다
바퀴는 천지(天地)와 같아서
질문이 없다
울울창창(鬱鬱蒼蒼),
유월의 가로수를 뚫고
새떼를 날린다
손아귀를 벗어난 돌팔매가 날린다

내가 사랑한 영토

종아리에 털을 벗은 암곰이
개골창에 엎드려 발을 씻고 있다

푸른 산밭이 층층이 딛고 올라간 골짜기다

쑥 덤불 위에 우산 던져놓고
곰보때왈 넝쿨 밑에
괭이 씻어놓고
허리 구부려 장딴지를 씻고 있다

옛이야기처럼 새댁을 벗은 암곰이다
분홍 셔츠 밑으로 러닝이 삐져나왔다
비단구렁이무늬 몸뻬다

물방울 뚝뚝 듣는 낯바대기를
털 벗은 앞발을 들어
훔쳐내다가는,
귀를 돋워
산허리 멧비둘기 소리를 듣는다

네발의 기억이 구부정한 암곰이다

앞산 구름이 곰의 종족처럼 느릿느릿 비탈을 올라간다

다섯째 매듭

해모수의 다른 아들이 쓴 편지

이 어금니를 놓을게요. 그 밤들을. 주몽의 손을 잡고 벼랑을 내려다보던 그 밤을. 아버지가 엄마의 머리채를 끌어 우발수에 처넣던 밤을. 이 웬수 놈의 새끼들! 물속에서 걸어나온 엄마가 돌을 들던 그 밤, 그 열두 살의 밤을. 그 밤은 지나가지 않고, 언제나 벼랑 밑에서 몰려다녀요. 그 밤의 돌처럼 금이 간 이 어금니를 놓을게요. 나는 엄마의 웬수 놈의 새끼. 죽여라 죽여, 이놈아! 뒈져라, 이년! 항아리가 사금파리를 던지고, 비명이 깨지고, 무쇠솥이 다리를 잃을 때, 문을 열어보지 못해서 미안해. 무서웠어요. 지겨웠어. 귓바퀴를 찢어서 귓구멍을 틀어막고 싶었어요. 형 나가봐, 제발! 어쩌라고, 새꺄! 목구멍을 어둠처럼 벌려서 아무것도 할 수 없는 염통을 꺼내 씹어먹고 싶었어요. 그 열세 살의 밤을 놓을게요. 주몽이 말했어요. 그건 옛날 일이야, 형! 그날 밤, 엄마가 집을 나갔다는 걸 알았을 때, 그 벼랑 밑에 가보지 못해서 미안해. 두꺼비 아저씨가 오고, 두런두런 이웃들이 오고, 아무한테도 말하지 못했어요, 그 벼랑 밑의 어둠. 두꺼비 아저씨네 뒷방에 있다는 말을 들었을 때, 병신!이라고 입술을 깨물어서 미안해. 그건 그냥 벼랑을 등지고 돌아서던 그 밤의 나한테 한 말이었어요. 주몽의 손을 잡고, 주몽의 손을 놓고 뛰어내릴 수는 없었어. 그때부터 나는 나를 주장할 일이 없어졌어요. 내가 주장하지 않아도 엄마의 편지를 받았으니까. 등로끔 부처다 밥때 넹구먼 못씨다. 나는 엄마의 말의 자식. 자꾸 가벼워지는 엄마, 밥알을 국물처럼 흘리는 엄마, 웬수 놈의 새끼라고 돌을 던지는 엄마. 빠지지 않는 돌, 금이 간 어금니, 안녕. 애비 없는 자식들은 호로자식이 되거나 하늘의 아들이 되었지만, 나는 에미 없는 자식이 될게요. 빠져서 허공에 뜬 어금니, 지워지는 내 어금니, 안녕!

자작나무가 있는 묘지 사진을 트리밍하며

내가 찍은 이 아메리카 선주민의 묘지 사진은 아름답다

잡풀 속에 눕는 것이 불편하지 않다
살은 일년생 초본에 맡기고
뼈는 다년생 목본에 맡기고
영혼은 풀벌레 울음에 맡길 것이 불편하지 않다
관목 줄기로 만든 십자가가 불편하지 않다
내 무덤을 찾아올 아이들이
나를 잊을 때쯤
쓰러져 흙에게 맡겨질 나무 표지가 불편하지 않다

2013년 10월 15일자의 이 메모가 불편하다
잡풀이 우거진 묘지에서 셔터를 누르며
독사가 있을까봐 두려웠다
무덤 중앙의 희고 큰 십자가가 불편해서
앵글 밖으로 밀어냈다
아메리고 베스푸치의 지도를 따라나선 선교사들이 불편했다
자작나무 너머 만년설을 배경으로 받아들이면서
산 위는 참 춥겠다고 생각했다
『나의 서양미술 순례』가 불편했다
한국말이 서툰 미현이 엄마가 불편했다
애국조회 시간의

'월남 파병의 노래'가 불편했다
광개토대왕이 불편했다
블루길과 배스가 불편했다
위안부 할머니들의 노구가 불편했다

메마른 협곡의 버려진 집에 들어서
잡풀 마르는 마당이 오히려 편안했다
언덕의 낙락장송과
가시 많은 아카시아가 편안했다

Lil'wat First Nation*의 자작나무가 있는 묘지,
를 찍은 이 사진은
아름답다

잡풀 속에 육탈한 관목 가지가 겸허하다,

* 캐나다 브리티시컬럼비아의 산악 지대에 거주하는 선주민.

프레이저 강에 와서

단풍은 떠내려가고, 연어는 치고 올라온다
뭉툭한 선주민의 칼로 깎은 듯한 협곡
기진한 연어들이 물살에 밀린다

딸아이가 셀카를 찍기 시작했다
화면 속의 아이가 낯설다
몇 년째 거울을 들여다보며
표정을 만들었다

종족의 시체와 부딪치며 거슬러오른다
수컷의 등이 물을 벗어났다
등이 터지고 주둥이가 너덜거린다

사랑은 좋은 것일까?

거울과 함께 애비도 남이 되었다
셀카와 함께
애비도 남자가 되었다
토를 달고,
경계의 눈초리가 스친다

단백질 썩는 내가 풍기는 악취
할 일을 마친 연어들은

물살을 벗어나서
온몸에 곰팡이가 번진다

외로 튼 고개와 살짝 기운 어깨,
미소, 우울, 깜찍……
그 행간에서
아이는 무얼 찍고 있는 것일까?

정낭과 난소가 채 여물지 못해서 돌아오는 녀석도 있다
날 사랑해?
사랑하지 않는 것을 비난하는 것이 오직 정당한 것처럼
애인들은 왜 악을 쓰는 것일까?

아이가 찍고 싶은 표정은
어느 행간으로 미끄러지는 것일까?
수만 년을 되돌아와도
거슬러오르지 못한 물살은 어디 있는 것일까?

셀카의 행간들은 아이의 눈빛에 쌓인다
연어들은 계곡에 쌓인다
아이는 자라고,
연어는 돌고래처럼 거슬러오른다

잃어버린 신발 한 짝 강*을 건너서
자작나무숲을 거닐며

엄마, 오늘은
아가씨들이 숲으로 들어가는 것을 보았어요
두 개씩의 종아리를 빛내며
연둣빛으로 재깔이며 들어갔어요

잎새들이 고양이 발톱처럼 돋아나고
자작나무에 수액 오르는 냄새가
허파에 들어차서
걸음을 자꾸 옮겨놓았어요
숲이 끝나는 곳까지 걸어갔어요

엄마, 아가씨들이
꽃을 가리키는 것을 보았어요
꽃숭어리를 떨어뜨리는 나무들이
지저분하게
꽃술 밑에 열매 맺는 것을 보았어요

오늘 처음으로
엄마가 앞치마에 손을 닦으며
아빠를 맞는 그 집이 아닌
다른 집에서
엄마가 아닌 여자가
환하게 서 있는 것을 보았어요

엄마, 제가 다른 숲에서
나무 냄새 싱싱한
새집을 지은 뒤에도
엄마는 아빠가 지은 집에서 몸을 씻겠지요?

오늘 처음으로
다른 숲의 안쪽까지 가보았어요
작은 새들이
이 가지 저 가지 오르내리며
멀어졌다 가까워졌다
딴청 피우듯 부리를 맞대는 것을 보았어요

뿔이 부러진 수사슴이 서 있는 곳을 지나서

* 잃어버린 신발 한 짝 강: 캐나다 밴쿠버 아일랜드에는 Lost Shoe Creek이라는 지명을 가진 협곡이 있다.

아담과 이브처럼

내가 몸을 가졌고, 네가 몸을 가져서
너와 내가 누워 있다
개펄처럼 누워 있다
드러난 닻줄처럼
녹슬어가는 몸이 누워 있다

하릴없는 몸이 시키는 것을 알아서
말없이 밥상을 차려주고
앞에 앉듯이
서로에게 서로의 것을 용납하고
누워 있다

열선처럼 감기던 숨결과
구멍 같은 눈빛을
지나와서
너와 내 숨결이
정갈한 금슬처럼 가지런하다

이제 곧 이 숨결이 낯설어져서
부인하듯,
허물을 걸치고
이 내력을 그림자처럼 지우고 가겠지

어느 날 목줄이 풀린 개처럼

어느 날 목줄이 풀린 개처럼, 어슬렁 대문을 나선 개처럼, 끼니를 두 번 거르고 돌아온 개처럼, 길을 잃었던 것을 주인에게 내색할 수 없는 개처럼, 목줄을 풀어주어도 다시 마당을 나서지 않는 개처럼, 주인의 비웃음을 알면서 아무 일 없는 듯 짖어보는 개처럼, 컹! 제가 짖는 소리에 화들짝 놀라 한쪽 구석에 가서 슬그머니 쪼그려 앉아보는 개처럼

실에는 마리가 있다

종이꽃에 볕든다. 세상에는 환한 것이 있다. 아이는 저걸 만들어 창가에 꽂아두고 그림 그리러 갔다.

누대(累代)에도 이렇게 간신히 마리를 붙든 내력이 있을 것이다.

여섯째 매듭

어머니가 쌀을 씻을 때

얼마나 겁이 났을까, 내 새끼가
얼마나 숨이 막혔을까
숨이 끊어지기 전에
숨이 끊어지는 그 순간에
얼마나 살고 싶었을까, 내 새끼가

이 쌀 씻는 소리를 들을 수 없구나, 너는
바가지 밑에 앉는 이 그늘을 볼 수 없구나

내 아가,
너는
어디로 가서
이 다 된 저녁에 네 방에서 기척을 낼 수 없는 거냐

에미 손으로 씻어서 안친 따순 밥 한 술 멕여서 보내고 싶은 내 새끼야

길다

아버지는 얼마나 자주 길다고 느끼실까?
빗길에 차를 몰아가며
길다고 느낀다
아침마다 병실에서 눈을 뜰 때
길다고 느끼실까?
신호에 멈춰 서서
와이퍼에 밀려 흘러내리는 빗물이
길다고 느낀다
아버지의 담배가 다 타들어갈 때까지
앉아 있던 옥상의 시간처럼
신호가 길다
한나절 변기에 앉아서 아버지는
어떤 기분일까?
지금 여기서 내리라고 하면
어떤 기분일까?
오늘 현관문을 열고 들어서지 못한다는 것은
무엇일까?
갓길에 차를 세우고,
기어를 P에 놓고,
사이드미러에 흐르는 빗물이 길다고 느낀다

사과는 잘못이 없다

사과를 먹는다
찬장에서 사과를 꺼내 사과를 먹는다
바지에 쓱쓱 문질러
먹는다

밖에는 벚꽃,
살이 부러진 우산을 쓰고 가는 사람의 일그러진 우산

사과 씹는 소리를 들으며
사과를 먹는다
베어문 악력의 여운을 느끼며
사과를 씹는다

비는 세로로 떨어지고, 말을 옆으로 주고받으며
말소리를 만들며 가는 사람들

사과 베어무는 소리를 들으며
사과를 먹는다
사과 베어무는 소리를 내려고
사과를 먹는다
사과 씹는 소리를 들으며
사과를 먹는다
사과 씹는 소리를 들으려고

사과를 먹는다

씹어서 목구멍에 넘긴다

쏠캘린더에 바치는 감사패

확실히 내 영혼까지 읽어서 스케줄링한다

할 일이 없습니다

아침에 KTX를 타고 가서
500페이지짜리 심사 자료 두 권을 넘겨보고
저녁식사에 술도 한잔 걸치고
돌아오는 KTX에서
쏠캘린더가 알리는 스케줄이다

할 일이 없습니다

새해 들어 첫 달이 다 가기 전에
세번째 서울을 다녀가는
한밤의 피로를 깊숙이 읽어서 스케줄링한다

대학을 막 졸업하고 한때
직장을 그만두고 한때
프리랜서 생활이 벽에 부딪쳐서 한때
일이 없던 기억을
한밤의 죽비처럼 내려친다

할 일이 없습니다

어플 하나가 죽비보다 낫고
입적한 스승보다 윗길이어서
오늘은 할 일이 없다고,
언제는 아예 일이 없을 수도 있다고
내 영혼 깊숙한 곳까지 스캔해서 스케줄링한다

콩나물을 다듬을 때

내가 아버지의 아들인 것이 자랑일 때는
콩나물을 다듬을 때

콩나물을 다듬는 것은
숨결과
아주 가까운 노동
물꼬를 보던 손길과 아주 가까운

콩나물을 다듬던 아버지의 손
쇠스랑을 당기던
쟁기날을 갈아끼우던
나뭇단을 집어던지던

가장 아버지의 것 같은
숨결
가장 아버지의 것 같은
손길

왼손으로 짚어 허리를 간신히 펴고
오른손에 바가지를 들고
저린 발을 내디딘다

내가 아버지의 아들일 때는

콩나물 바가지를
슬그머니 부엌에 들여놓는 때

도반이 떠났다는 소식을 들었다

밤을 도와 눈이 내렸다

아이가 달려나가서
눈을 뭉쳤으나
가루가 되어 날렸다

아이가 울었다

끄무레해서 해가 나지 않았으나
낮의 기온을 도와서
눈사람을 만들었다

점심에 국수를 끓여 먹고
해가 나서
코와 눈썹과 입이 뭉그러졌다

아이가 또 울었다

오늘은
아빠를 곁에 세워두었다

저녁에 아이와 고구마를 구워 먹었다

쉰

인월－아영－성리로 가는 버스가 간다
어머니 산소에
매화 심으러 가는 길,
외할머니 뒷등이 보이는 길목으로 가는
버스가 간다
햇살은 산수유꽃내를 숨겨서
가루처럼 내려오고,
그애가 살던 마을 쪽으로 버스가 간다
조끼를 벗어 배낭에 넣다가는,
인월－아영－성리로 가는 버스가 간다
봄먼지에 능선이 묻히는 곳으로 간다

창을 함께 닫다

달이 참 좋다,

그렇게 말하고 싶어서
창을 닫다가
엉거주춤 딸아이를 불렀다

이런 건 왜 꼭
누구한테 말하고 싶어지는 걸까?

아이가 알아차렸는지
엉거주춤 허리를 늘여 고개를 내밀었다

발문

선재의 잠과 사건들

전성태(소설가)

철문이 형이라 부른다.

십여 년 전 고양시에 각자 살림을 차리고, 한 해 남짓 한 직장에 다니고 얼려서 텃밭을 일구며, 그리고 농가 행랑채를 작업실로 빌려 책상 두 개를 밀어넣고 지냈다. 유모차 밀며 호수를 산책하기도 했다. 직장을 나와서 한결 홀가분해진 형은 대학원 공부를 시작했고, 나는 잠시 놓았던 소설을 다시 잡았다. 두 해 남짓 우리가 한 일인데 돌이켜보면 낯설고 서툰 가장(家長) 흉내를 내면서 아무것도 마련되지 않은 생활에 진땀을 흘리는 시간이었다. 그 무렵 나온 시집 『산벚나무의 저녁』(창작과비평사, 2003)에 실린 시구와 같았다.

집이라는 것은 아무래도
그곳까지 가는 걸음에서 일어나는
마음의 무늬인 것만 같다
아내와 함께 무늬지어 가는
이 가벼운 집이 곧 날아가버릴 것만 같다

—「집에 가는 길」 부분

형은 결가좌하고 '위파사나'라는 불가 수행을 즐겨 하는 모양이었는데 그 육감(六感) 놀이를 즐기는 모습을 직접 본 적은 없다. 다만 나무 그늘이나 구석진 방에서 그걸 막 끝내고 나온 말간 얼굴로 그는 먼 걸음부터 히죽 웃으며 나타나곤 했다. 예의 선한 눈이 크게 웃고, 잇따라 입이 말갛게 벌어지는 그런 걸음이었다. 형은 싸목싸목 거동하는 사람이지 옷깃을 날리는 사람은 아니었다.

형은 내게 일거리를 물어다주고는 했다. 신혼살림을 형의 보살핌으로 꾸려갔다. 텃밭 경작도 나는 가끔 나가서 허수아비처럼 서 있다가 오는 편이었는데 형은 아침저녁으로 드나들며 당근이며 열무, 오이, 방울토마토를 가꾸어 내놓고는 했다. 그래도 이상하게 나는 농사는 내가 더 잘 알지, 하는 자만을 마음에서 접어본 적이 없다. 형이 아무리 밀짚모자나 등산모를 쓰고 나와도 학승 같지, 농군 같지는 않았다.

형을 의지해 지낸 시절에도 마음을 내서 나눈 게 많지는 않다. 짐작하고 만 일들이 많았지 싶다. 어쩌면 서로 딴마음에 시달리고 있었는지 모른다. 이러저러한 가족사도 박형준 형이 『산벚나무의 저녁』에 붙인 해설을 보고 소상히 알았다. 첫 시집 『바람의 서쪽』(창작과비평사, 1998)을 읽을 때 폐사지니 여량, 구절리, 묵호, 대진 등지로 며칠씩 떠돌다가 오는 청춘의 궤적에서 1980년대식 친연성을 느꼈을 뿐, 그가 상처 입은 자로서 문학으로도 다 못 풀어 얼굴에 물집을 쓰고 산문에까지 들었다 온 줄 짐작 못했다. 두번째 시집 이후로 비로소 형의 시에서 앓는 일을 들여다보게 되었다. 형이 어느 날 얼핏 논에 박힌 '프로펠러'를 얘기한 적이 있었는데 그 환유가 얼마나 사나운 얘기인지 알았다. 실상 형의 인색하거나 말간 비유들이 여러해살이풀들처럼 뿌리

깊고 기묘했던 것이다. 수월하게 읽어낼 시들이 없어졌다.

시집과 절집에 한통속 같은 구석이 있다면 형이 생을 통해 풀어갈 질문들을 경청하고, 대속자의 고행에 도반으로 참여할 용의가 있었다. 그게 옛집의 기억이라면, 인간의 어깨에 올라앉은 운명에 대한 이야기라면, 그래서 회복에 대한 것이고 종내에는 자유의 집에 당도하는 여정이라면 아침마다 그의 사립에 서볼 용의가 있었다.

이태 남짓한 시간이지만 형과 나는 선후배의 연을 넘어서 문학적 친연으로 결속되었다고 생각한다. 발문을 선뜻 맡은 것도 그 악수에서 비롯되었는지 모른다. 글쓴이 약력에 출신지를 밝히는 일이 쓸데없는 시절이 되었지만 형이나 나나 나고 자란 곳을 밝혀야만 가능한 언어 세계를 지녔다. 우리에게는 옛집이 있다. 우리는 그 말뚝 같은 세계를 근원 삼아 글쓰기를 시작했다. 생의 온기와 환희, 그 뒷장의 냉담과 상처마저 옛집에서 묻혀와 오래 앓고 시달렸다. 왜 옛집은 시시하고 답답했을까? 아비들은 왜 그렇게 몰상식했을까? 어미들은 자식들에게 죄책감이었을까? 그래서 오매불망 떠났겠지만, 다시 돌아오지 않을 잘난 자식처럼 어금니 물고 나왔겠지만 이상하다. 고개는 그쪽으로 기운다. 왜, 왜, 왜? 하고 질문 안고 떠나온 자식들은 거기에 매여 영원히 집을 찾는 운명을 갖게 된다.

「해모수의 다른 아들이 쓴 편지」를 읽으면서 나는 놀랐다.

이 시는 이 시집 속에서, 이십 년 그의 시력을 통틀어서 옛집에 대해서 가장 적나라하고 고통스럽게 보여주고 있다. 어머니의 무덤을 짓고 내려온 날 밤에나 쓰였을 법한 이 시는 사십 년은 족히 물고 있던 '어금니'를 내보인다. 아비가 어미의 머리채를 끌어 잡고 가재도구가 박살나고 새끼들은 두려움과 자기혐오에 떨며 문을 열지 못한다. 어미는 자식들에게 "이 웬수 놈의 새끼들!"이라고 이를 부득 간다. 아, 저 살풍경이 저간의 옛집 풍경이다.

나는 몽골로 갔다가 천안으로 이사하고, 형은 순천에 자리를 잡았다. 그곳에서 고등학교를 나온 나는 형이 내 고향에라도 내려간 듯 반가웠다. 이제 형의 뒷배 노릇도 해보나 싶었고, 내 고향에 대한 헌시(獻詩) 한 수 부탁해놓은 것처럼 신작 시들이 눈에 띌 때마다 기웃거리기도 했다. 갯가에서 만날 사람들과 말씀들이 그의 가락에 어떤 모양으로 오를지 궁금했다. "쓸 만한 사내들은 여순 때 다 가불고 쭉정이만 남았제." 잇바디 붉은 할멈의 혀 차는 소리나 "남자요? 별간디. 그래도 같이 살믄 좋제" 하는 여자들 소리가 재밌어야 할 텐데…… 아직 형은 자전거를 강둑으로 몰고 지리산 그늘에서 막걸리 잔이나 기울이는 모양이다. 이번 시집에는 아랫녘 저잣거리 얘기가 별로 담기지 않았다. 하긴 오래 묵히는 그의 성정으로는 아직 이를지 모른다. 머잖아 산골 아이가 부르는 갯가 노래를 들을 수 있을 것이다.

하지만 실상 형에게서 예감하고 기다린 시의 행로는 남도

정서에 젖는 일 따위는 아니었다. 내륙 산간 출신이지만 그 역시 남도 언어를 혀에 익힌 사람이고, 쉰 살의 눈에는 사는 게 거기서 거기일 테니까. 오랫동안 형의 시는 두 갈래의 경향으로 지어졌다. 자연과 맺은 서정시들이 한 갈래이고, 다른 한 갈래는 구원에 바쳐진 자전적 시편들이다. 소설의 경우에는 이야기의 세계와 자기 구현의 세계가 있다. 이야기의 세계는 자기를 해소해주지 않는다. 자기 구현의 세계는 동어반복을 느끼는 순간 시든다. 소설가는 두 세계의 매혹으로 시계추처럼 오가며 통합하고 심화하는 운동을 한다. 두 세계는 서로 섞여 있거나 섞인다.

시의 세계도 이와 같으리라. 형은 세계의 발견자로서 서정시인이면서 상처 입은 자로서 구도자이기도 하다. 나는 형에게 산문(山門)을 두드리게 만든 고통이 어느 날 비유의 세계를 벗어던지고 산문(散文)처럼 낭자하리라 생각했다. 「해모수의 다른 아들이 쓴 편지」처럼 적나라하게 펼쳐서 전투를 치르리라 생각했다. 그 맞장이 내가 예감하고 주목한 시의 행로였다고 고백한다. 그러나 「해모수의 다른 아들이 쓴 편지」는 예외적인 호곡 소리이고, 그는 대체로 잔잔했다.

형의 옛집은 장수(長水), 이남에서 소문난 산간이다. 동향인으로 소설가 박상륭 선생이 있다. 한번은 거기 가서 선생의 문장을 백운 첩첩 등성이에 올려놓고 읊으며 메아리도 넘겨주지 않는 고원의 적막과 그리움, 율(律)이 장수의 문

체라는 걸 실감했다.

멀기도 먼 물질 저쪽 동네도 비만 오까? 비만 요롷게 오고 어둡기만 어두우까? 하메 달이 언간히 커졌을 긴디. 커졌을 거라고 달이

—박상륭,「南道 1」 중에서

밀폐 같은 눈이 밀폐로 내리고 있어, 누구 하나 내어다보는 사람도 없고, 개도 짖지 않았는데, 북쪽 어디에선지 어디서인지, 모루를 치는 망치 소리가 한 번씩 들려오긴 했지만, 그 소리는, 밀폐의 열두 겹 항아리〔甕棺〕 속에서 우는 사산아의 노래였을 뿐이고, 마을은 떠난 듯 보이지 않았다. 마을은 정말 떠난 듯했다.

—박상륭,「山北場」 중에서

사무치게 고독한 문장은 두메의 골짜기와 등성이가 낳은 소리가 아니고 무엇일까. 선생의 가락이 나간 소리라면 철문이 형은 메아리로 받은 소리처럼 가락이 뼈로만 추려져 있다.

쩔레만한 그리움이/ 온 산천을 숨쉬게 한다

—「설원」 부분

엄마 저승은 어느 쪽이에요?

—「수박밭둑」 부분

이 쌍둥이 문장은 산문과 시로 갈렸어도 근원을 갈급하는 그리움이라든가 대상에 닿는 몰아의 촉점(觸點), 늙은 목소리에 대한 친연성에서 거기 산그늘에서나 길러졌을 법한 기질이 있다. 두 사람은 사문(沙門) 사람이기도 하다. 큰 골짜기에서 나온 이 한 쌍의 산문과 시는 불가와 이국 이야기와 시장을 역방한 이력들로 새겨져 있다. 그 시름겨운 질문을 가진 운명성이 이유 없어 보이지 않는다.

형의 시어에는 형용사는 다채로우나 부사가 적다. 동사나 형용사로 쉬 변절하는 의성어, 의태어 말고는 부사를 아껴서 쓴다. 과장하고 엄살 부리고 은근 온도가 있는 품사가 부사이고 보면 부사는 들어주는 이가 있어야 하고 그 앞에서나 생겨난다. 부사가 없는 걸 보면 그는 혼자 노는 아이였던 모양이다. '자기(自己)를 주장하거나 자기를 찾지 않는' 산짐승과 물과 바위, 햇살, 바람, 별, 꽃과 어울렸던 모양이다. 지치지 않고 오래 선 나무가, 네발로 싸도는 짐승이 부러워 중얼중얼 말을 건네는, 혼자 노는 아이. 자연의 무늬에 손을 대보고 자라서, 자기가 사람 짐승인 건 몰라서 형의 서정시들은 자연과 일체화된 무구한 세계를 보여준다. "쬘레만한 그리움"이라니…… 그 자디잔 주머니를 까본 조막손의 기억이 없다면 그런 비유가 어디서 왔을까. 철새 보고 "밥 먹으러 오니?// 나도 밥 먹으러 왔다"(「새떼가 온다」)라고 하는 속정 깊은 어린애 같은 중얼거림은 아무래도 형의 기질이 깃든 문장이다. "아하, 이게 사는 거구나"(「갓등 아래」) "사랑은 좋은 것일까?"(「프레이저 강에 와서」) 같은 천연덕스러운 시구를 밀어넣을 수 있는 시인은 몇 되지 않는다.

거기에 더하여 할머니는 철문 형에게 빼놓을 수 없는 세계다. 할머니들은 듣는 이가 있건 없건 종일 중얼거린다. 하늘과 땅으로 모르는 신들이 없어 비난수에 능하며, 음택으로 옮긴 이들을 많이 알아 집집 제삿날이며 내력에도 훤하다. 떠돌이 장사꾼들의 만만한 말동무다. 닭이나 개에게도 참견하고 푸성귀에게도 말을 걸며 빨래하는 손길에도 쉐쉐, 박자를 넣는다. 끝없는 구전의 세계다. 가난하고 딸 없는 집 손자는 할머니의 부엌 딸이 되기도 한다. 서로 투덕거리고, 손자는 토라져 돌아섰다가도 한 생에서 치받는 징글징글한 연민에 울적해지기도 한다. 할머니의 중얼거림을 받아 적은 아이가 언제 그 말들을 다 풀어낼까.

형은 천생 자연의 아이로서 물상과 바로 내통하는 맑은 성정을 가지게 되었고, 자연스럽고 산뜻한 그의 서정시는 거기서 태어났다. 시 쓰기는 붙잡고 영속하려는 욕망의 산물이기도 하지만, 시가 열두 살 아이의 공상 같은 것이기도 하다면 형의 시는 그런 세계에 속해 있다. 형은 장난기가 있고 골계미에도 일가견이 있다. 「도토리는 싸가지가 없다」나 「유홍준은 나쁜 놈이다」와 같은 시는 그의 책상 한편에서 꾸준히 쓰여 왔다. 이 근원에 '선재'라는 아이가 들어섰다. 자기(自己)를 찾는 아이가 찾아온 것이다.

그러자고 작정한 일도 아닌데 나는 이 시편들을 매일 오후 네시 무렵에 읽었다. 아이들이 집을 비우고, 우편배달부도 다녀가고, 휴대전화가 방전되는 시각. 원고들을 이마에 올리고 낮잠에 들기도 했다. 자연히 '오후 네시의 시집'이라고, 따로 턱 괴고 엎드린 개 부르듯 하여 잠결에 당기기도 했다. 퍽 한갓져서 좋았다.

시편들이 거느린 시간들이 아득해서 그랬다고 둘러 생각한다. 시들이 더러 열두어 살의 뒤란으로 손을 이끌고, 낮잠에서 혼자 눈뜬 아이 행세를 시켰다. 나는 그 아이를 불가식구 '선재'라 부르련다. 『산벚나무의 저녁』에 '선재(善哉)'라고도 하고 '선재(善財)'라고도 시인이 밝혀놓았듯 나 역시 '사두'라 해도 좋고 '동자'라 해도 무방하다고 생각한다. 그의 시집들에서 자전거 타는 선재의 형상은 시인 자신이라 해도 좋을 만큼 겹쳐 있다. 선재가 선뜻 잠들었을 때 세상에는 사건들이 일어났다가 지나갔다. 실로 사건 다발이라고 해야 할 만큼 많은 일들이었다. 실상 세상의 비극은 그런 방식으로 오고 그렇게 쌓인다. 선재는 혼자서도 잘 노는 아이지만 상처 입은 아이이기도 하다. 그래서 물상을 흔들어 사건들을 얻어 듣는다. 시인의 일을 한다.

선재에게는 고향의 기억이 많다. 어린 기억들이라는 게 멀

어질수록 맹랑하다. 놀이며 동무, 집, 피붙이들이 물러나고 홀로 하교하던 코스모스 길이나 엄마 찾아 나선 산비탈의 콩밭, 잠결에 보던 환한 뒤란 같은 게 떠오른다. 별이나 빨래 같은 것들, 산들바람이나 풀무치 소리 같은 시시한 것들이 낡지도 않고 어디서 있다가 불쑥 출렁인다. 형의 표현으로 하자면 "지나가기 쉬운 것"(「내가 사랑하는 것은」), "도무지 뭐랄 수도 없는 것들"(「갓등 아래」)이다. 잊지 말자던 기억들은 흩어지고, 이해할 것도 용서할 것도 없는 심상들만 옹이지는지 모르겠다. 입술에 올린 적 없던 심상들인데, 집 떠날 때 새겨가자는 것들도 아니었는데 세상에는 그것만큼 애틋하고 서러운 게 없다.

이 시집은 그런 '연둣빛' 기억들로 채워져 있다. 인생이며 존재가 번개처럼 보여준 속절없는 각성이 매듭지어 묶여 있다. 쉰 살이 할머니와 어머니의 산소를 찾아가는 발길은 아련하니 꿈길 같다. 쉰 살이 된 선재의 서정이다. 선재가 찾아온 오후 네시의 잠은 휴식이라기보다 '고독'의 절대치이거나 저 세계에 다녀오는 여행 같은 잔상을 남긴다.

형의 시력이 스무 해를 넘겼고, 이 시집은 네번째 시집이다. 선재가 상처 입고 질러간 이십 년 구도는 어땠을까? 기원(基源), 혹은 윤회의 문턱까지 밀고 올라간 시간은 여일하지만 별로 본 게 없다는 듯 대체로 잔잔하다. 하물며 "내가 아버지의 아들인 것이 자랑일 때는/ 콩나물을 다듬을 때"(「콩나물을 다듬을 때」)라고 고백한다.

뭘 보려고 선재는 떠난 게 아닌 것 같다. 애초부터 싸울 염도 없고 자기를 벌할 마음도 없었던 듯하다. 이번 시집에는 전편들에는 없던 과장된 신음도 보인다.

나의 비유는 끝이 났다, 수맥이 옮겨간 숲처럼
나의 언어는
죽은 새의 부리처럼 갈라졌다

—「오월 낙엽」 부분

더하여 낙장이니 절필이니 하는 말이 한숨처럼 박혀 있다. 전에 없던 음성으로 말미암아 시도 낙낙해졌다. 그럼 선재의 고행은 제 신음을 통각하며 깨어 있으려는 몸부림이었을까? 선재를 울려 보내고 몰아(沒我)의 장수 아이로 돌아가고 싶었던 것일까? 형의 시어들이 무욕의 결들로 엮였다고 해서 그가 시를 탐하지 않았다고 할 수 없다. 탐하지 않다니…… 그는 시를 두고 결코 승과 속을 갈등한 적 없다. 시를 소홀히 하지도 않았다. 오래된 악기인 양 시를 사랑한 시인이다. 그는 객쩍은 마음을 경계했고 그 마음을 시의 형식으로 만들어냈다. 그러니 그의 자전적 시들에서 찾던 근원이며 화해며 회복에 대한 궁금증도 부질없게 되었다. 몸부림 없이 살아내는 일의 엄숙함에 대해, 자연스럽게 나이 드는 일의 지난함에 대해 그는 자기 고유의 시 형식을 만들어왔는지도 모른다. 겸손했으니 잔잔하였으리라.

『비유의 바깥』은 재현 불가능한 세계에 대한 비유다. 비유의 바깥은 시의 바깥이고, 거기는 삶의 실상이거나 그 자체다. 마른 데도 아니고 진 데도 아니다. 그것은 이름도 깊이도 넓이도 없는, 혜량할 길 없는 절대여서 시로 옮겨지지 않는다. 자연 혹은 삶의 절대적 광휘는 결코 옮겨질 수 없다는 절망을 실토한다. 물론 이 겸손한 태도는 불가식으로 무의미의 각성 상태로도 읽어낼 수 있다. 인도 시편들에서는 발걸음 멈춘 수행자의 시선이 지배적인데 지극히 높거나 낮고 귀하거나 천한 정신들이 한데 섞여 무화되고 없는 세상의 진경들로 가득하다. 목소리는 처연하되 부정에 부정을 거듭하는 어법들에서는 진리를 캐는 문답법보다는 속되게 한번 뻗대보는 고집이 읽힌다.

특히나 다섯번째 매듭에 묶인 캐나다에서 쓴 시편들에서는 낯선 형의 얼굴을 보는 듯하다. 몸을 크게 떨어서 묵은 걸 털어내는 시원함이 느껴진다. 새롭기도 하다. 은근히 그 세계로 옮겨가라고 부추기고 싶다. 시집을 덮고 나서 자작나무가 있는 묘지와 프레이저 강의 서늘한 정신이 또록하다. 내 고향에 대한 헌시는 기다리지 않아도 좋을 것 같다.

과장도 있고 균열과 혼돈이 얼마간 보이는 이번 시편들은 역시 낙낙한 맛이 있다. 정직하게 자기를 흔들어본 홀가분함 때문일 것이다. 시인이 자기를 넘어설 때는 자기 생이 얼핏 보이고 그 운명을 긍정하게 될 때가 아닐까? 장수 아이와 선재가 나란히 손을 잡고 서 있다.

형은 이 시집을 '매듭'이라고 했고, 시편들을 매듭으로 나누기도 했다. 쉰 살의 고아의식, 등단 이십 년, 팔 년 만의 시집, 이런 매듭으로 묶었을 것이다. 형은 묶었고 나는 풀었다.

형은 숫기 없는 사람처럼 절창을 맨 뒤에 두는 습성이 있다. 「창을 함께 닫다」는 서서히 녹여 먹는 맛이 좋은 시다. 두 가지를 덧붙여둔다. 형이 시집 앞장에 '어머니에게 바친다'라고 써도 좋았을 것이다. 외람되지만 대신 쓴다. 그리고 세번째 시집에서도 그랬지만 이번 시집을 읽으며 그의 색시라도 된 듯 안도한다. 그가 성실히 살림을 돌보고 피붙이를 살피고 시인으로서 숙제도 게을리하지 않기 때문이다.

달이 참 좋다,

그렇게 말하고 싶어서
창을 닫다가
엉거주춤 딸아이를 불렀다

이런 건 왜 꼭
누구한테 말하고 싶어지는 걸까?

아이가 알아차렸는지
엉거주춤 허리를 늘여 고개를 내밀었다

—「창을 함께 닫다」 전문

장철문 1966년 전북 장수에서 태어났다. 1994년 『창작과 비평』 겨울호로 등단했다. 시집으로 『바람의 서쪽』 『산벚나무의 저녁』 『무릎 위의 자작나무』가 있으며, 산문집 『진리의 꽃다발 ; 법구경』, 동화 『노루삼촌』 『심청전』 『양반전』 등과 그림책 『흰쥐 이야기』 『멍치덕골 정현모 아저씨네 다랑논』 외 다수가 있다. 백석문학상을 수상했다.

문학동네시인선 083
비유의 바깥

1판 1쇄 2016년 6월 10일
1판 3쇄 2020년 11월 19일

지은이 | 장철문
펴낸이 | 염현숙
책임편집 | 김민정
편집 | 김필균 도한나
디자인 | 수류산방(樹流山房) 본문 디자인 | 유현아
마케팅 | 정민호 박보람 우상욱 안남영
홍보 | 김희숙 김상만 지문희 김현지
제작 | 강신은 김동욱 임현식
제작처 | 영신사

펴낸곳 | (주)문학동네
출판등록 | 1993년 10월 22일 제406-2003-000045호
주소 | 10881 경기도 파주시 회동길 210
전자우편 | editor@munhak.com
대표전화 | 031) 955-8888 팩스 | 031) 955-8855
문의전화 | 031) 955-3576(마케팅), 031) 955-8865(편집)
문학동네카페 | http://cafe.naver.com/mhdn
북클럽문학동네 | http://bookclubmunhak.com

ISBN 978-89-546-4002-2 03810

* 이 도서의 국립중앙도서관 출판예정도서목록(CIP)은 서지정보유통지원시스템 홈페이지(http://seoji.nl.go.kr)와 국가자료종합목록 구축시스템(http://kolis-net.nl.go.kr)에서 이용하실 수 있습니다.(CIP 제어번호 : CIP2016006981)

잘못된 책은 구입하신 서점에서 교환해드립니다.
기타 교환 문의: 031) 955-2661, 3580

www.munhak.com

문학동네